두 개의 고향

미쿠모 도시코 시집

두 개의 고향

문학수첩

바라보는 나와 바라 보이는 나

1990년 8월, '제12회 세계시인대회'에 참가하기 위해 나는 처음으로 조국 땅에 발을 디뎠다.

조국을, 조국 사람들을 마음속에 새겨 두려고 필사적이었지만 마음은 늘 정지된 상태였다. 대회장인 라마다 호텔로 이동하는 도중, 그런 나를 조용히 바라보는 또 다른 나를 발견했다.

라마다 호텔에서 열린 이벤트들은 모두 정성 들여 준비되어 있었고 화려하게 펼쳐졌다. 시인들은 세계에 대해 말하고 인류의 미래를 논하고 진지하게 시를 노래했다. 세계의 시들이 낭독되었고 개인의 존엄성이 말해졌으며 파티장 곳곳에 시인들의 작은 그룹이 만들어져 대회의 열기는 더욱 깊어 갔다.

스케줄에 따라 세계의 시인들, 한국의 시인들과 행동을 함께하며 미소와 악수를 교환했다. 통역의 도움을 받아 즐겁게 담소를 나누기도 하고 대회장을 빠져나가 홀로 뒷길을 걷기도 했다. 하지만 대회의 뜨거운 열기와 사색의 고요함 속에서도 내 마음은 여전히 정지된 채 그대로였다. 버스 창문에 얼굴을 바싹 붙이고 바라본 한강의 웅대한 물결만

이 때때로 뇌리에 떠오르다 사라지곤 했다.

관광을 포함한 시인대회 일정을 마치고 일본으로 돌아온 나는 그대로 늪에 빠지듯 잠 속으로 빠져들었다. 다음 날 자료와 시집, 짐 정리를 마치고 텅 빈 방 안에 혼자 멍하니 앉아 있을 때 갑자기 눈물이 흘러넘쳤다. 나는 목청껏 울었다.

소리 내며 우는 나 자신을 본 건 처음이었다.

왜 우는지 이유는 알 수 없었지만 울음은 멈추지 않았다.

'바라보는 나와 바라 보이는 나', 이 둘이 한데 겹쳐지며 울고 있었다.

그 후로 20년의 세월이 흘렀고, 한국 시인들과의 교류는 내 보물이 되었다.

2010년은 한일 강제합병 100주년이 되는 해다. 그동안 쌓인 마음속 번민들이 사라질 날은 올까. '바라보는 나와 바라 보이는 나', 이 둘이 겹쳐지며 울음 울던 그날의 나를 떠올릴 때마다 지금도 눈물이 차오른다.

"한국을 사랑해 보려고 몇 번이나 찾아갔어. 하지만 사랑할 수 없었어. 일본도 사랑할 수 없어. 내 남편이 목사인

데도 말이야'라며 눈물로 호소하던 친구가 있었다. 미래를 갈구하며 괴로워하다 지금은 이 세상을 떠난 나의 친구. 그녀에게 건넬 말이 없다. 역사의 잔혹함 앞에서 고개를 떨굴 뿐이다.

하지만 지금의 나는 무언가를 되찾았다는 걸 실감한다. 그것이 무엇이냐고 구체적으로 묻는다면 정확하게 표현할 수 없어 답답한 마음은 있지만, '한국, 아아, 한국……"이라는 안도의 마음이 존재한다.

지난여름, 20여 년 전에 '지구 시축제'에서 만났던 시인 김종철 선생님과의 시공을 뛰어넘은 재회로 이번 시선집 《두 개의 고향》을 출간하게 되었다.

이 시선집을 펴내게 길을 열고 이끌어 주신 국내외 시인 여러분, 그 모두에게 마음으로부터 깊은 감사의 인사를 드린다.

사이타마에서
미쿠모 도시코

| 차 례 |

제1부 두 개의 고향

제2부 아리랑치기

제3부 열매의 씨앗의 —

제1부
두 개의 고향

기모노

머리를 빗고

새하얀 다비를 신고

맨살 위에 무명으로 된 주반을 걸친다

아름다운 끈 몇 가닥을 솜씨 좋게 매만져

눈부신 비단을 입는다

　　　순간

　　　마음속에

　　　그늘이……

남편도 아이도 있는 몸으로

젊은 정인(情人)에 빠져 허우적대는 유부녀처럼

아파 오는 마음

다 뿌리치고

당신을 입는다

반해 버린 기모노

시침질 자국 그대로 보관된

저고리와 치마는

지금도 고이 서랍 깊숙한 곳에 간직해 놓았다

그것은 나의 보물상자

고향

피의 캔버스에

쓰여진 단어

그것이 고향이라고

당신이 말한다면

낯선 당신이

내가 바로 고향이라고 말한다면

코리아여

몸을 웅크려 주저앉은 여자들을 약탈하라

예전에 일본 남자들이 그랬던 것과는 다른 의미로

그리고

당신이

진정 고향이 될 수 있다면

당신이 빼앗은 여자들을 품에 안아라

나 또한 함께

벽

결정되어 있던
취직자리가 취소되었다
내가 바라던 간호사의 꿈

— 왜
취소되었는지는 알고 있겠지
담임 선생님으로부터 그 말을 들었을 때
굵은 눈물이 한 방울
교복 위로 또르르 떨어졌다
나는 학교를 그만두고
방 벽에 기대고 앉아
멍하니 천장을 바라보고 있었다

친구들이 모두
고등학교에 진학하고 사회로 진출하던 날
나는 공원 한구석에 웅크리고 앉아
한국 국적을 저주하며
언제까지나 울고 있었다

회오리바람

왜?
"아버지와 어머니는 어떻게 여기(일본)에 오게 됐죠?
어떤 경로로?"
어머니의 표정이 순간 일그러졌다
당황스럽게 손을 저으며
"알 필요 없는 건 몰라도 돼!"
나와 엄마의 대화를 듣고 있던 오빠가
"그것 참 좋은 질문이네"
라는 말을 끝으로 입을 다물었다
어머니는 그때
온몸으로 다음 질문을 거부하고 있었다
— 알 필요 없는 건 몰라도 돼
한국에서 회오리바람(한일합방)에 휩쓸려
이국에서 뿌리를 내리고 살 수밖에 없었던 부모의
가슴 저미는 인생관
해방 후 32년이 지난 지금도……
반박하고 싶은 말이 치밀어 올라 돌아보니
양배추를 썰고 있는 엄마의 눈에 눈물이 맺혀 있었다

오빠는 신문을 읽고

나는 마음을 다해 치맛주름을 셌다

일상의 흐름 속에서

터널

저편에 희미하게 빛나는 것을

뒤쫓는다

손을 더듬어 뒤쫓는다

귀국?

귀화?

끊임없이 뒤쫓아 온 30여 년

혼탁해진 지하수로 부패되기 시작한

마음

터널에 누워 어둠을 노려보자

빛의 뒤편에

의식이 담긴 무수한

눈

현상유지인가 복면 생활인가

무국적자인가 지구(地球)국적자인가

코리아여

재팬이여
너희들에게 나는
나는 뭐란 말인가!

차라리
지금 지나온 터널을
단숨에 내달려 되돌아가 버릴까 하고
뒤돌아보니
그 공동(空洞)에서 빛나고 있는 건
창백한
이슬뿐

악몽

그렇다
여기는 꿈나라
나는 언제……
나는 언제?
이곳으로 흘러들어 왔을까
더듬더듬 구르다가 달리고 달리다가 구르고
도망갈 필요 없는 꿈속이다
걸어라 걸어라 걸어라
온통
가시투성이니까

출구인지
입구인지
꿈나라의 여권
영혼을 맡기고 허기를 달랜다

그걸로 된 거냐
기쁘냐

즐거우냐
살기 좋으냐

시끄럽구나
너는 대체 누구냐
왜 너는 웃고 있느냐
왜 그런 눈으로 나를 보느냐
왜 나에게 등을 돌리느냐

나더러 어쩌라는 거냐
그렇다 여기는 꿈나라였다
슬퍼할 것도 없다
괴로워할 것도 없다
분노할 것도 없다
여권을 찢기만 하면 될 뿐

찢고 나선 어떻게 할 건데?

출구를 찾는 거다

만약 출구를 발견하지 못한다면?

너는 왜 그렇게 나를 괴롭히는 거냐
딱히 괴롭히려는 건 아니야
꿈나라에 출구 따윈 없으니까

처음부터 그런 말을 해 줬어야지

흥!
이미 알고 있었으면서

그렇다 여기는 꿈나라
나는 꿈을 꾸고 있는 거다
꿈이라면 눈 뜨기를 기다리면 되는 거다
아침을 기다리는 거다

만약 아침이 영원히 오지 않는다면?

그때는

그때는?

난 너를 찌르겠어

……너는 바보다 혹시 아침이 올지라도 처음 보는 한국에서 언어도 모르고 몇십 년이 넘는 역사를 버리고 어떻게 살아간다고 하는 거냐 너는 눈을 뜬 그때부터 이 꿈나라를 떠올리면서 매일 매일 울면서 지내리라 더 이상 네게 아침이란 없다 그러니까…… 그렇게 출구 따윈 없다고 말했는데도……

유민

나라도

자긍심도 잃어버린 여행자

잃을 것 따위는 처음부터 아무것도 없었다

굶주림만이 가득 실린 뗏목

쉼 없이 덮쳐 오는 파도

복잡한 해협에 갈 때마다 전복된 것일까

갈가리 찢긴 마음 술에 담가 놓고

흘러 흘러 도착한 해안

4명의 가족

쓸쓸히 어깨를 기댄다

건드리면 핏방울 듣는 상처

양손으로 있는 힘껏 과거를 밀어내고

어둠을 뚫어지게 응시한다

— 앞으로

　　어디를…… 어떻게 걸어야

　　　좋을까……

조용히 잠든
밤에 묻는다

강은 거꾸로 흐르고 있었다

언제나 마음이 허기져 있고

언제나 남의 탓으로 돌리고

언제나 녀석을 탓하고

언제나 배가 고프고

언제나 생명이 울고 있고

언제나 누군가를 기다리고

언제나 무언가를 갈구하고

언제나 시체를 안고 있고

......다었있 고르흐 로꾸거 은강

지금은 마음이 떨리고

지금은 타인도 사랑스럽고

지금은 자신을 탓하고

지금은 배도 부르고

지금은 생명에 친절하고

지금은 당신을 만나서

지금은 무언가에 울부짖고 있고

그래도 역시 외롭고

그래도 역시 허무하고

언제나 손끝이 싸늘하게 식어 있고……

구애 여행

불가사의한 열풍
기생 관광
마음이 없는 많은 남자들
경쟁하듯 손쉽게 향하는 한국

불가사의한 성지를 향한 끝없는 미로를
스스로의 손으로 끊어 버리고
일본 국적을 취득한 우리들
그날 밤
── 아이들을 다 키우고 나면 느긋하게 한번
    구애(求愛) 여행을 떠나고 싶어

아이처럼
남편과 손가락을 걸고 약속했다

송사리

장을 보고 돌아오는 길에

갑자기

택시 행선지를 돌려서

꾸벅꾸벅 졸면서 한 시간 반 정도를 가다

운전사의

— 저기요~ 여기쯤인가요

하는 소리에 당황하며 차에서 내려서자

눈에 익은 풍경이 일순간 바뀌며

눈앞에

맘속에

풍화된 채 남아 있는 소개지가 있었다

멀리

낚시꾼이 홀로 쓸쓸히 낚싯대를 드리우고 있다

도망치듯 사라지는 택시를 눈으로 쫓으며

크게 기지개를 켠다

정적이 소리가 되어 온몸을 사로잡는다

이나가와 강 상류의

서늘한 물에

가만히 가만히 몸을 담근다

주부가

천천히 흘러가고 어린 시절이 다시 떠오른다

그리운 나무 그늘에서

젖어 맨살에 들러붙은 슬립을 벗는다

멍하니 흐릿한 한때

완만한 물살 속에서 헤엄치는 송사리 떼를 발견한다

조젯으로 만든 원피스 자락을 적시며

스카프 양 끝을 묶어

살짝

송사리 떼를 감싼다

갑자기 물 밖으로 떠올려진 송사리들은

위험을 깨달았는지

파닥파닥 파닥파닥파다닥! 하고 튀어오른다

강가에 돌무더기를 쌓아 방금 만든 웅덩이에 놓아 준다

흐릿하고 미지근한 물속을

송사리 떼는

그래도 좋다는 듯 헤엄친다

너희들의 운명을 내가 쥐고 있는데도 불구하고

"애들아 어떡할 거니? 내가 이대로 집에 돌아가 버리면……"

강으로 통하는 좁은 길을 만들어 준다

한 마리

두 마리

세 마리 차례로 강으로 돌아간 후에

송사리 한 마리가 언제까지나 졸린 듯 헤엄치고 있다

물살이 힘들었던 걸까

길을 알아채지 못한 걸까

웅덩이가 마음에 든 걸까

출구 근처까지 손바닥으로 인공 파도를 만들어 줬는데도……

나는

그 녀석을

장식 모자로 퍼 올려

모자와 함께
힘껏 급류에 패대기쳤다

바람 소리

왜
당신의 운명을 망쳐 버린
이 일본이란 나라에
어째서
언제까지나 있는 거죠?
— 한마디로 말해서 어떻게 된 일이죠

한없이 소박하고
한없이 잔혹한 물음에
우물쭈물 경직된 채 서 있다
— 한마디로 대답하란 말인가요

소화불량

우리 집이
예전에는 부자였단다
초등학교 5학년 때
아버지의 사업 실패로
빈털터리가 돼 버렸다
우리 가족의 눈앞에서
점점 지구가 뒤집어졌던 것이지
1951년
아버지는
숯가마 9개 열쇠 7개
어머니 한 명 첩도 남기도
트럭 한 대를 갖고 밤도망을 쳐 버렸다
한국에서도 일본에서도 도망쳤으니까
도망치는 데는 선수란다
아버지는 도망친 게 아니라고 하지만
결국 똑같은 것이지
나는
그 후

가난을 뱃속 가득 눌러 담아

후유증이 심각하다

돈을 보면

또

소화불량 일으키지나 않을까 떨면서도

강박관념이란 걸까

돈이라는 건

달콤새콤하고 씁쓸하기만 하다

덕분에 난 언제나

후다닥후다닥

화 장 실 로

달려가기

바쁘단

말야

!

미확인 보행 물체

이쪽을 봐도
저쪽을 봐도
열 받는 일투성이지 않는가
우리들 같은 못 배운 것들에게는
더 이상
뭐가 뭔지 모르겠다
순진하게 오른쪽으로 걸었단 말이지
그랬는데도
자동차에 치어서
피가 철철 흐르는 거야
왼쪽으로 걸었단 말이지
왼쪽은 걷기는 쉽지만
이번에는
앞이 잘 안 보인단 말이지
뭐
영양실조 빈혈 같아서 말야
할 수 없이 한가운데를 걸었단 말이지
그러자
중년 나잇살

중년 나잇살 나를 보고 있자니
뭔가
괜히 화가 치밀어 와서
그래서
오른쪽 향해 왼쪽이닷!
왼쪽 향해 오른쪽이닷!
한가운데를 향해 방귀 한 방 날렸지요
당신 정체가 뭐야?
나 말이야 나는……

들어주시겠어요 나는 태어나기 훨씬 전부터 일본인으로
만들어졌어요 종전 때 조선인으로 되돌려져서요 한동안 지
나니까 이번에는 한국인이라고 불리게 되었지 뭐예요 지금
다시 일본인으로 살고 있는데 진짜 세상에는 알 수 없는 일
너무 많아서요 정처없이 헤맸어요 그중에서도 제일 알 수
없는 게 나였어요 진짜 이게 제일 곤란하다니까요 당신은
주욱 일본인이었나요…… 좋았겠네요

두 개의 고향

두 개의

고향

피의 고향과

피로 물든 고향

두 개의

고향

더 이상 사실을 바꿀 수 없다

말로써 어떻게 나누든

마음속에서 이어져 버린 증오와 애정

어두운 역사의 산물 두 개의 고향

후회스러운 나날들을 품에 안으면서도

그래도

두 개의 고향

낳아 준 어머니, 조선

길러 준 계모, 일본이여

내가 가는 길 앞에 무엇이 기다리고 있을까

귀화 일본인의 길 앞에는

바다일까

계곡일까

사랑의 화원일까

아니면……

사람은 쓰여진 역사 위를 걷는 것이 아니다

역사를 잇는 손인 것이다

뒤엉킨 실을 풀어내는 손인 것이다

그 손에 꿈을 실어

잇고 싶다

두 개의

고향

갑자기

갑자기
"무엇을 위해 살고 있지?"
따위로
묻지 마라
당황하게 되잖는가
태어나기 전에
"무엇을 위해?"
라고 물었더라면
좀 더 그럴듯한 대답을 준비했을 텐데
부탁하지도 않았는데
어쨌든 나도
이미 태어나 버린 채였고
죽지 않을 정도로 먹이에 들러붙어
살아가고 있었고
이상한 곳에 돌멩이가 굴러다니고 있어도
휙! 하고 걷어차 버리거나 해도
(때로 걷어찬 돌멩이 재수없게
내 머리에 떨어지기도 하지만)

이러쿵저러쿵 말하면서도 걸어가고 있었다

다만

걷는 것만으로는 지루하니까

이것저것

하고는 있지만

인류를 위해서라는

대의명분을 가질 수 없을 정도로

평범한 사람으로 커 버렸기 때문에

요령 좋게 살아가는 녀석을 봐도

"우왓~! 실력이 좋네~" 하고

감탄하거나

존경하거나 하지만

특별히 대단한 녀석이라고는 생각하지 않을뿐더러

여러 녀석들이

여러 가지 말하고 있네

하는 느낌으로

오늘 하루도

체법 재미있어 하면서

역사 속의 ,를 연기하고 있다
단지
그것뿐이다
갑자기 이상한 거 묻지 마라
알았지?

그러는 너는?

무지개

비 내리던 날
다리가 유실되고
폭풍우 치던 날 다리는 찢겨 나갔다
눈 오던 날 다리가 미끄러져 강에 빠졌다
무릎에서 피를 흘리며
원래 있던 강가로 끌어 올려져
사고인지 고의인지 소문 속을
뱃속의 아기를 안고
젖은 채 창백하게 걸었다
그때 다리 저편에 무지개가 보였다

급정거

농담을

싣고 차가 춤춘다

오랜만에 가족끼리 외식을 나간다

요도가와 강(淀川) 근처에 도착한 차가 급정거

남편이 내려 손짓을 한다

무슨 일인가 싶어 장남이 내린다

잡초가 무성한 제방 위로 올라가는 남편

차남이 뛰어나간다

당황해서 나도 풀을 부여잡고

새로 산 하이힐 뒷굽을 신경 쓰면서

기어오른다

겨우

위에 다다르자

가장자리 뚜렷이

금백색으로 빛나는

남편과 두 아들의

뒷모습

붉게 타오르는

저녁놀을

올려다

보고

있었다

양

일생에 단 한 번

말은

낡을 때까지 사용되어

비단 스치는 소리 사르락사르락 거슬리고

눈을 덮을 수도 없는 두려움

사는 것도 죽는 것도 보물의 무게

말 덧칠하는 말

쓴맛을 지우는 한 입의 달콤함

싸우기 전에 뿔이 뽑혀

절망하는 자유 방기하고

추종하는 양 떼

역사는 끝없이 덧쓰여져

양들은

여전히

신에게 손을 모으고

눈앞의 전당에 사는

흡혈귀

정체를 깨닫지 못하고

몸을 굽혀 머리를 조아리는 양
믿는 자는 구원받지 못하리니

거울

수줍음을
잃어버린 여자 따위
여자가 아니라는 둥
탓하지 말아 주세요

당신 곁에서
여자는 언제나
수줍음을 간직하고 싶은걸요

당신 눈을 보고 여자가
수줍어하지 않는 것을 부끄러워하세요

당신을 의식할 때
생명이 불타오르는걸요
수줍음이
넘쳐흐르는걸요

나는

언제나

당신의

시선을 느끼고 싶어

기회를 노리고 있으니까요……

강박관념

아무것도

하지 않는다

할 수 없다

우는 것

화내는 것

내가 나인 것

멈춰 서서

포기할 것 포기하고

멍하니 멍하니

마른 웃음

그 너머에

한 점

긴장된 마음

응시하는 것에서 눈길을 돌려

눈길을 돌리고 있는데 보고 만다

듣는 것

거부하는

손바닥

생명

두려움이 없는
　　두려울 게 없는 놈

두려움을 삼킨
　　두려울 게 없는 놈

두려움을 품은
　　두려울 게 없는 놈

두려움을 안
　　두려울 게 없는 놈

당신의 생명이 불타오르는 건
　　이 중 어디에 해당될 때인가

하루 6시간 취업

새로워 보이는 여자가, 기발한 걸 말하니까, 적당히 친절해 보이는 여자가, 점점 목소리를 내지 않게 되었다. 정말 남자도 여자도 서로 양보해야만 한다니까. 일이 넘쳐나는 사람한테 두 시간 정도 일을 양보해서, 그렇게 먹고 살아가게 될 수는 없을까 그렇게 하지 않으면 아무리 시간이 지나도, 남자도 여자도 인간다운 생활…… 할 수 없을 것처럼 생각될 뿐이야.

여자가 오~랜 세월, 아이와 남편과 가사 등, 필사적으로 가정을 지켜 왔기 때문에, 남자가 충분히 일할 수 있었지 않나 하고 생각했다. 여자와 남자가 평등하다고 말하는 세상에서, 게다가 컴퓨터나 신칸센 등, 여러 가지 편리한 기계도 많이 생겼다고 하는데 왜 지금까지처럼 8시간 이상이나 일을 해야만 하는 걸까. 조금 더, 짧아질 수는 없는 걸까, 안심하고 아이도 낳을 수 없다니까.

진짜야. 도시 여자는 어떤지 잘 모르지만, 지나치게 생각하는 거 아냐. 남자처럼 일을 한다면, 여자한테도 나 같은 돌봐주는 사람이 붙지 않으면, 그 스트레스 어디로 쌓일까. 지나치게 혹사하지 않으면 좋으련만, 남자도 여자도 돈 벌지 않으면, 자립이나 해방 같은 것이 불가능하다면, 조금 더, 일하는 시간을 짧게 하지 않으면, 남자도, 여자도, 아이도, 뭐든, 뾰족한 가시가 돋혀서……

제2부
아리랑치기

비스듬한 방

한쪽 유방이 벌집처럼 변형되고, 각각의 구멍에서 뾰족한 혀가 삐죽이 나와 피를 흘리고 있다.

피를 문지르자 손끝이 얼어붙는다. 온수에 담그면 평범한 유방이지만, 무시할 수 없어진 한 줄기 냉혈 —

지금이라도 늦지 않았다. 전신에 불길을 1초라도 빨리 불길을! 불을 붙일 수 없어. 메마른 목소리가 갈라진다.

은밀하고 의미심장한 웃음을 지으며 돌아보자 몸 주위로 옅은 불길이 타오르는 여자들이 차례로 들여다보며, 입을 모아 무언가를 속삭이고 있다.

낯이 익은 얼굴들. 그중 역광을 받아 알아볼 수 없는 그림자 하나

저 사람은 누구지? 손으로 가리키자 그 그림자도,

저 사람은 누구지? 하고 손으로 가리킨다. 여자들은 의미심장한 눈빛을 서로 건네며 흘러가고, 검은 열기만이 남겨진 채 문이 닫힌다.

여기도 하나의 방인 걸까. 둘러보자 엿보는 구멍에서 말이 튀어나온다. 그 목소리에 가시가 담겨 있어 기묘한 모양을 띤 채 떨어져, 땅이 갈라지고, 거기서 무수한 팔이 계속

돌아나 발끝을 휘감으며 기어오르고 기어오르는 손가락 뒷면에 감춰진 면도날 녹슬어서 무시무시한 고통.

9명의 언니들과 8명의 여동생들의 순진한 손가락과 닮아 있지만, 떠오르는 녹슬음에 토하는 나신 부상한다.

남자들은 여전히 변함없이 기색을 연결해 기색조차 알아채지 못하게 하는 기색을 보내어, 귀기(鬼氣) 품고 진좌(鎭座)한 기색. 신호가 아니라 땅속으로부터 오는 위압.

아버지. 어머니. 녹슨 목소리가 허공을 맴돌아 오랜 세월 몸져누운 조상의 신음 관처럼 뻗어나가 공간을 메운다.

도망칠 수 없는 주술. 피의 고통이 뒤섞여 광기 직전의 광기를 계속 품는다. 계속 품고 있는 것의 선과 악을 품고, 표적 없는 증오 분출.

단어가 스쳐 어긋나 암호문 해독할 수 없어 초조해, 감춰진 공격 흩어져 어지럽고. 세포분열을 계속하는 지구. 분열을 계속하는 형제자매들.

오늘은 무슨 날이었지 ―

어쨌든 여기를 탈출해야만 해.

그전에 온수를!

언어보다 먼저 위축하는 기색. 끌어안으니 바로 그 감촉
이다! 굳어진 채 하얗게 변해 갈 뿐이다. 부정맥. 압박감.
소리 없는 눈물⋯⋯

사람이 계속 내리는 비스듬한 방.

아　　버　　지.

어　　머　　니.

검은 호수

그런

당신을 만났을 때

여성인 나는 자신도 모르게 베일을 벗고

남성인 당신의 눈동자가 이끄는 대로

호수에서 몸을 돌려

대양을 향해

끝도 없는 파문에 흰 나신을 맡기고 마는걸요

요염하게 마성을 흩뿌리고 마는걸요

사랑에 응하지……

않았기 때문이라며

노하는 당신

그 눈동자에

그때

응하지 않았다……고 해서

싫은 건 아니에요

조금 쉬었던 거예요

"여자는 그런 마음이 들지 않더라도 사랑에 응할 수 있는 거 아냐……"
　라고 폭언을 퍼붓는군요

　여자의 깊숙한 곳 고요하게 찬물이 가득 고인 검은 호수에
　여자의 사체가 떠 있네요
　그 교접을
　사랑이라고 부를 수 있을까요
　불러도 될까요

　사체에 생명을 불어넣기 위해

　나의 의식을 사랑해 주세요
　마음의 육체를 안아 주세요
　어설픈 발걸음에 미소를 주세요

대나무 숲의 기억

깊은 산 속의 마을
깊은 산에 들러붙어 서 있는 집 한 채
긴 담뱃대를 입에 문 노인의 모습이 떠오르며
그림자를 비추고 있는 유리는 마름모꼴을 하고
한없이 위로 뻗어

어둠 속 홀로
아기가 몸을 움츠리며 떨고 있는 걸
공중에서 내려다보고 있는 아기의 눈을
바라보고 있는 또 하나의 의식
정적을 깨고 흐트러지는 기색
피를 뚝뚝 흘리는 거대한 짐승
피를 뚝뚝 흘리는 인간의 무리
그림자에 피만이 핏빛을 띠고 뚝뚝 흘러
한 장 유리로 차단된 공간이 꿈틀댄다
억누른 소란스러운 기색
소의 형상 계단을 기어올라
뒤에는 그 노인의 그림자

거듭되는 어둠
거듭되는 공포
그림자극, 대나무 숲의 포효

그곳에는 또 하나의 유리가 있어
정면에 있는 그것은 지면과 연결되어
그 유리에 엄청나게 거대한 발이 같은 속도로 흘러
발 사이의 틈을 메우듯 광채가 꼬리를 끌 듯 침입
주변에 떠도는 그리운 향기

은밀한 기색의 꼬리
세월에도 멈추어 서서 침전
닦아낼 수 없어……
소리 없는 포효 대나무 숲의 신음
눈 뜨기 전 이전의 기억
짐승의 피의 —

어둠 속에서 세우는 손톱
— 아리랑치기 ·1

깊은 밤

갑자기 엎드려

신경질적으로 라이터를 켜고

담배를 피운다

한숨과 함께 내뱉는 연기

세월의 무게보다

단 한 줌의 불모의 어둠에 초조해져

……………

집요하게 말없이 나를 질책한다

《 ˙ ˙ ˙ 》

여자라는 이유만으로

남자라면 생각지도 않았을 의심을 해소할 방법도 없이

신뢰라는 단어의 얄팍한 위선에

몸을 떨며

어둠 속에서 세우는 손톱

발악
— 아리랑치기 ·2

지독하게 취해

토하고 있는 나를

'순간' 부축하는 척하며 감싸 안더니

어둠 속으로 모습을 감추어 버린 남자

도로 맞은편 초밥 가게에

선물을 사러 간 당신을 기다리는 찰나의 시간

사람 왕래가 없는 곳이었다면⋯⋯

빼앗긴 목걸이를 아쉬워하기보다

기념 반지와 가방이 무사하다는 것에 가슴을 쓸어내린다

파티 후 우울한 밤의 공간이 나중에 그려내는

어둠의 문양

불길한 촉수의 꿈틀거림을

그때는

미립자만큼도 예측할 수 없던 채로

어스름 속에 쭈그려 앉아

또다시 치밀어 오른 구토감을

필사적으로 참아 내고 있었다

당신의 목소리에
— 아리랑치기 · 3

어둠 속의 나를 보고

— 뭐야 이런 곳에 있었어

당신의 목소리에
마음이 놓여 나도 모르게
무서워 무서워 날 죽이려 해
환각과 어리광의 절박함 가운데서 외친 그 단어가
훗날 한 통의 편지와 맞물려
어떤 의미를 갖고 꼬리를 끌고 만다
《 · · · 》
여자만의 부조리한 의혹
강인하게 받아들일 줄도 모르고
나는
그날 밤
취기가 이끄는 대로
꿈속에서 무지개 다리를 건너고 있었다

편지
— 아리랑치기 · 4

발송인 불명의 편지가 도착했다

— 당신이 그때의 당신이었다니
　　　놀랐습니다 저랑 사귀어 주십시오

끝까지 읽기도 전에 찢어 버렸다
하지만
기묘한 전화가 걸려 오기 시작한 건 그 직후부터였다
수화기를 들자
……………
말없이 수화기를 내려놓는다
— 부인 부인
몇 번이나 부를 때도 있고
— 사귀어 주십시오
갈라진 목소리로 속삭이는 날도 있다
무시해도 무시해도 또 걸려 온다
난폭하게 전화를 끊어 버리길 여러 차례
그래도 집요하게 걸려 온다

— 보험회사 직원입니다만

　　　지금 댁에 방문해도 괜찮을까요

묘하게 위압적이다

그림자
— 아리랑치기 · 5

이건

단순한 장난이 아니다

그 편지를 떠올려본다

생각해 보면 얼마나 교묘한 문구였는지

또다시 울리는 전화벨

—— 남편께 직접

　　　　부탁드릴 일이 있어 찾아뵙고 싶습니다만

그 무렵부터

집안에 묘한 공기가 흐르기 시작했다

뭔 일이 있었던 것 아니야

뭔 일이……

아니야 뭔 일이 있는 거야

뭔 일이 있었다는 말인가

뭔 일이……

말로 표현되지 않는 말이 나를 찌른다

—— 당신이 그때의 당신이었다니

소리 내어 말해 봤을 때

문득 내 안에서 모습을 일으킨

그림자

기색
— 아리랑치기 · 6

전화 상대는

그때 소매치기가 아닐까

확신을 갖지 못한 채

작은 소리로 중얼거리는 나에게

경멸 어린 눈길을 보낸다

그때 이미

그날 밤이 불길한 색채를 띠고

내 마음속을 지배하고 있던 것이다

바보 같아!

하고 웃어넘길 수 없는 기색이 내 안을 침식하기 시작하

고 있었다

"여자가 한밤중에 혼자서"

그 사실이 협박으로 연결되리라고는 생각 못한 채

그런 거라면 무엇이……

잠들지 못하는 밤이 지속된다

라이터에 숨을 불어 넣어

흔들리는 불길을 계속 바라보는 얼굴

"기, 분, 나, 빠"

내 안에서 무언가가 무너지기 시작했다

여자로
오랫동안
살다 보니
귀신이 되는구나
또다시 발치에는 바다

10엔짜리 동전
— 아리랑치기 · 7

……또다시 초인종

끊임없이
전화기에서 계속된다 언제까지나
방 안 가득 원념(怨念)이 차오르기 시작했다
엄마
눈물조차 순순히 흐르지 않는다
그런데도 눈물뿐
어떻게 하란 말인가 이런 나에게
당신이 기른 한쪽 눈, 한쪽 귀뿐인 여자
제 앞가림조차 제대로 하지 못하는 이 한숨 어린 나에게

— 엄마 10엔짜리 동전 아직 갖고 있어?

아무도 없는 저녁

— 엄마 조금만 기다려 줘 목이 마르네

엄마

다 살지 못한 당신의 원념을 대신할 수 있다면……

한 손에는 위스키 한 손에는 수화기를 든다

── 인내심을 유지하면서

되풀이되는 되풀이되는 되풀이되는 되풀이되는 죽음

같은 단어 같은 단어 같은 단어 같은 단어 같은 단어

진지한 진지한 진지한 진지한 진지한 진지한 고통

같은 같은 같은 같은 같은 같은 같은 같은 같은 글자

여자 여자 여자 여자 여자 여자 여자 여자 여자 여자

보험의 의미
— 아리랑치기 ·8

말없이 끊기만 하던 전화에 대고
처음으로 이쪽에서 말을 걸었다

— 보험금을 갖고 갈 테니까
　　　당신과 만났던 그 장소에서
　　　　　만났으면 합니다
···············
전화가 끊어졌다
10분 후에 전화벨이 울렸다
수화기를 들자
···············
무언가를 탐색하는 기색이다
나는 말없이 상대의 반응을 기다렸다
···············
또다시 상대방 쪽에서 수화기를 내려놓았다
나는 자신의 추리에 확신을 가지기 시작했다
소매치기는 그날 밤
취한 나를 부축해 함께 어둠 속으로 사라진 남편을

'애인'으로 착각하고 있는 건 아닐까

그렇게 생각하자 그 발송인 불명의 편지와 앞뒤가 맞는다

— 당신이 그때의 당신이었다니

　　놀랐습니다 저랑 사귀어 주십시오

능욕당한 기색
— 아리랑치기 ·9

상대방은 아직

서로 떳떳하지 않은 입장에 놓인 사람이라고 생각하고
있는 거다 .

그동안 뭔가 손쓸 방법은 없을까

그날 밤의 '애인'이

남편이라는 걸 눈치채고 이대로 소매치기가 도망쳐 버
리기라도 하면

이 가득 찬 능욕당한 기색 대체 어떻게 될 것인가……

'아리랑치기' 라는 움직일 수 없는 증거가 필요하다

전화벨

— 만난 장소라고 말씀하시면?

— 그전에 당신에게

　　　　돌려받고 싶은 것이 있는데요?

……………

또다시 상대방 쪽에서 전화를 끊었다

나는 확신을 가졌다

침묵의 순간 그 한 순간의 기색

기색……

기,　색

불륜

— 아리랑치기 · 10

단숨에 상승한 전의

······하지만

한숨 돌릴 틈도 없이 가볍게 한 방 먹은 것을 안다
기색을 증거로 증명할 방법 따위 어디에도 없었던 거다
그것뿐 아니라
끊임없이 침묵전화를 걸어 온다
전화벨
"여보세요"
··············
적은 상처 없이
'유부녀 불륜 행위' 그것만을
일방적으로 드러내려고 도모하고 있는 모양이다
침묵전화 공격이 계속된다

— 무슨 일이 있는 거니
　　　애, 무슨 일이 있는 거야?

수화기 너머로 친구의 걱정스러운 음성
전화 응답에 장애가 생기기 시작했다

    절박한 해결책
    필　요　하　다

전화벨 전화벨
....
....

전화벨 전화벨 전화벨
"여보세요……"
....

전화벨 전화벨 전화벨 전화벨 전화벨
....
....

전화벨 전화벨 전화벨 전화벨 전화벨 전화벨 전화벨

전화벨 소리를 뒤로하고 외출해 밖에서 돌아오자

현관문이 열리지 않는다!

열리지 않는다!

폐색(閉塞)

— 아리랑치기 · 11

콤팩트 유리가 깨져 등줄기에 박힌다 핸드백 속에 소매
치기를 죽일 열쇠가 없다 백 속 내용물을 주워 공장으로 간
다 셔터가 내려져 있다 평상시라면 확실히 있을 시간대인
데 바닥에 주저앉는다 주위가 저녁 어둠에 갇혀 지나가는
남자들이 모두 아리랑치기 소매치기로 보이기 시작했다,
소리없이 다가오는 얼굴 없는 귀신 오른쪽에서 왼쪽에서
뒷골목에서 얽히는 목소리 등뒤에서 계단을 내려오는 소
리 쿠웅 쿠웅 셔터를 두들긴다, 발소리가 사라진다 귀에 또
다시 쿠웅 쿠웅 아이들이 귀가하기 전에 돌아가야지 하고
경직된 마음 질질 끌고 넘어지며 서둘러서 돌아간다 문을
부수고 집에 들어간다 테이블 위에 조합회의, 식사 필요없
음 하고 짧은 메모 어지럽게 벗어 던져져 있는 작업복 소파
위로 쓰러진다 입 밖으로 튀어나오는 심장 입술과 심장을
잇는 한 줄기 푸른 신경 위아래로 흔들려 하강하며 천장이
덮여 온다 불길한 폐색에 입술을 깨문다 폐색을 비틀어 열
수 있는 열쇠는 없을까 열쇠는 없을까 옆 방에서 끊임없이
울리는 전화벨 소용돌이쳐 흩뿌리는 전화벨 소리

5백 엔짜리 지폐

— 아리랑치기 · 12

이틀간 모든 전화를 거부 삼 일째 전화벨 소리가 멈췄다 두 손 두 발 다 들었다고 말하는 걸까 뭐라고 하는 걸까 그 날 밤 남자가 남편이라는 걸 눈치채 버린 것일까 그렇지만…… 방 안을 서성거리며 '사건'을 정리하려고 했다 적은 목걸이뿐만 아니라 우리들 부부로부터 무언가를 확실히 빼앗아 간 것이다 소매치기가 이대로 도망쳐 버리기라도 했다면 그것을 되돌릴 수 있을까…… 하지만 정말로 빼앗긴 것일까 빼앗길 정도의 것이 진정 있었을까 고작 기색으로 무너질 정도의 것 따위란 대체 어떤 것일까…… 하지만…… 기, 색을 고작이라고 치부해 버릴 수 있을까 진정 치부해 버릴 수 있을까……

저녁 무렵 조용히 슈퍼마켓에 갔다
길 위에 5백 엔짜리 지폐가 떨어져 있다
주위에 이 돈의 주인 같은 인물은 없었다
장을 다 보고 카트에서 식품을 옮겨 담는다
배추와 표고버섯 사이에 5백 엔짜리 지폐가 끼어 있다
〈?〉

계산대에 맡기고 집에 돌아오니 우편물함에 또다시

5백 엔짜리 지폐!

대담하게도 내 반응을 파악하려 드는

검은 손끝

상처 딱지
— 아리랑치기 · 13

　최소한의 말 이외에는 나누지 않게 된 우리들 3장의 5백 엔짜리 지폐에 관한 일을 남편에게 말할까 하고 순간 망설였지만 결국 말하지 않았다 아니 말할 수 없었다 아리랑치기가 흩뿌려 놓은 불온한 기색을 계기로 분출된 분노의 정체를 본다는 그것이 두려웠던 것이다. 한번 말로 내뱉어 버리면 분노의 화살이 일직선으로 그것을 찢어발겨 두 번 다시 원래대로 되돌아갈 수 없는 게 아닐까 어두운 부분에 초점을 맞춰 버리는 게 아닐까 마지막에 남는 것이 과연 있을 것인가 하는 두려움 눈을 돌리지 않고 마음을 응시했을 때 '공포'가 있었다 다양한 사정으로 성립된 아니 이뤄짐을 당한 결혼 17세와 19세 남녀 아니 남자와 여자라고 말하기엔 너무나 어린 둘을 얽매어 버린 '집안' 허상뿐인 집안을 등에 지고 오로지 달려온 16년간의 고름 떠올리고 싶지 않은 상처 딱지가 벗겨져 흘러나오고는 있지만 공포 때문에 멈춰 선 채 우선 잠부터 자야겠다고 자기 자신에게 변명을 하며 마음에 위스키를 들이부었다 자기 자신에게서 자기 자신을 해방 자기 자신에게서 자기 자신을 분리 자기 자신에게서 자기 자신을 말살 긴 원통형 직진 미로의 눈앞의 방

심 그 방심 경험자였음에도 불구하고 나는 또다시 악마의
액체로 마음을 어루만지기 시작했다

빛나는 지렁이

— 아리랑치기 ·14

치밀어 오른 것을 손가락으로 끄집어냈다 찐득 미끈거리는 덩어리 연이어 연이어 미끈미끈 손끝으로 눈물을 훔치며 가—마안—히 응시하자 미끈미끈 빛나는 그것은 엄청난 크기의 집쥐의 시체였다 우웩! 손바닥에 커다란 덩어리가 미, 끄 , 덩 어미 쥐다! 부푼 흰 배가 역겹게 꿈틀거리고 등이 미끈미끈 누렇다 소리치고 싶지만 입 밖으로 안 나온다 미끈 뭔가에 다리가 걸렸다 여긴 어디야! 꼴사납게 네 발 짚은 모습으로 어둠을 응시한다 사방 벽에 오렌지빛으로 빛나는 지렁이가 무수하게 꿈틀대고 있는 거다 지하에서 펌프를 잡아빼서 기름을 뿌리고 불을 붙였지만 도망치지도 않고 불타오르지도 않고 벽에 들러붙은 채 이상한 신음 소리 그뿐만 아니라 꿈틀꿈틀 계속 번식하고 있는 거다 말 없는 방 춥, 다 춥다 얼어붙는다 얼어 죽는다 죽는다! 여기는 어디? 어디야? 반쯤 각성된 의식으로 다시 한 번 옆에 있던 도끼를 움켜쥐고 혼신의 힘을 모아 벽을 향해 던졌다 그건 빙글 한 번 회전해 갑자기 내 어둠을 갈랐다 상처에서 분출해 흐르는 현저한 눈 그 모든 눈에서 검붉은 그것이 분출하고 있다 마지막 하나가 미끈거리며 목덜미에 떨어졌다 그때 금속음을 울리며 속박이 풀렸다

사체유기방조
— 아리랑치기 · 15

새언니 마음이 고프네요 뭔가 없나요 찬장 속에 있어요 찜기 뚜껑을 열고 찜기 틀을 본 손아래 시누이가 얼굴을 찡그리며 뚜껑을 덮고 비위를 맞추듯 웃었다 우리들은 아무 일도 없던 것처럼 서로 미소를 나눴다 남자들이 식탁 주위에서 맥주를 마시기 시작했다 서방님이 뭔가 다른 건 없습니까 아직 편식을 못 고쳤나요 거기에 있어요 드세요 이건 뭔가요 서방님이 가리키고 있는 곳을 본다 찜기에 머리카락이 얽혀 있다 역겨워라 나는 그걸 손으로 집어 버리려고 했지만 무수한 머리카락이 벗겨진 찜기 틀에 들러붙어 엄청난 기세로 늘어나 뚜껑이 벗겨져 떨어졌다 나는 꿈틀거리는 덩어리에 떨면서 자리에 주저앉아 남편을 불러 그걸 가리켰다 냉랭한 기색에 경련이 일었다 남자들은 신문지를 겹쳐서 말없이 그걸 덮어 가두려 했다 하지만 그건 목 아랫부분부터 여자의 나체로 변해 있었다 나체에 휘감겨 붙어 있는 남자의 늙은 몸과 젊은 몸 늙은 몸은 이미 말라 비틀어져 페니스가 도중에서 꺾여 활짝 열린 동공이 부들부들 꿈틀거리는 젊은 몸의 광기 어린 뿌리를 쳐다보고 있었다 그대로 버리면 잡혀갈 걸 외야석에 앉은 구경꾼 같은 목소리 그래 당신은 언제나 구경꾼이었다 구경꾼과 구경꾼을 중개하는 구경꾼일 뿐이었다 내가 죽인 것도 아닌데 왜 버리면 안 되는 거죠 왜? 지긋이 쏘아보는 얼굴마다 눈길을 보내며 더 이상 애매한 건 질색이에요 남편은 물에 떠내려 보내면 간단하다며 그걸 자신의 팔로 안았다 물에 떠내려 보낸다고 한들 당신도 공범이란 건 변하지 않아요 하고 중얼거리자 사체유기방조죄다 별것 아니야 이들을 죽인 놈은 ── 남편은 창백한 얼굴을 일그러뜨리고 걷기 시작했다 기다려요 정작 머리는 어디 있죠? 나는 주변을 둘러보았다 소리 없는 발소리를 울리며 자수해, 라고 말하거나 도망쳐, 라고 말하거나 울거나 화내거나 웃거나 하면서 가지런히 줄 서 혈족들이 따라온다 이유는 모르지만 이장까지 행렬 속에 섞여 들어 더구나 그 손바닥이 미성년자인 아들의 옷깃을 잡고 물에 띄워 보내게 놔둘 줄 알아 하고 소리치고 있다 그렇다 당신은 언제나 그랬다 《고층빌딩 건설 반대운동》 때도 《원죄》를 《 》로 해서 이장의 옷깃을 잡고 같은 말을 소리치고 있었다 그렇다 당신은 언제나 구경꾼이었다 눈앞에 탁류가 일렁이기 시작했다 어째서 이런

곳에 강이? 안 돼! 이런 곳에 떠내려 보내도 분명 어딘가에
서 걸려 멈춰 역류해 올 거예요 남편은 일렁이는 흐름 속으
로 그걸 내던졌다 그렇다 당신은 언제나—

역습

— 아리랑치기 ·16

수화기를 들자 갑자기 살기 어린 기색! "5백 엔짜리 지폐!" 등줄기 걷어 차는 불투명한 음성 온 몸에 광기 폭주 무의식의 의식 떨리는 분노 치밀어 올라 "세상 일 어떻게 하느냐에 따라서 자신에게 되돌아오기도 하는 법이죠 보험금 계산하기 전에 구덩이에 빠지지 않도록 조심하는 편이 똑똑한 거라고 생각하지 않나요 그래도, 라고 말씀하신다면 철저하게 상대해 드리죠 다 큰 어른이 전화로 신경쇠약에 걸리는 것도 꼴사나우니까 내일 오후 8시 우리 집에 와 주세요 난 남은 인생 걸었거든요 그쪽도 그만큼의 각오로 마음 단단히 먹고 와 주시죠 그날 밤 멤버와 남편 재미있는 조합이군요 난 살 만큼 산 여자예요 지하수도 마셔 보고 싶어졌어요 자멸할 거라면 해 볼 만큼 해 보고 나서야 납득할 거라고 결심했어요 알아들었죠 시간 엄수하도록 해요 늦지 않도록" 말이 연달아 쏟아져 나왔다 나는 분출되는 대로 오랜 시간 동안의 그것을 아리랑치기를 향해 퍼붓고 있었다 내 낮은 음성이 갑자기 끊어졌다 한숨 돌리고 상대방의 반응에 귀를 기울이자 공동(空洞)의 기색 기색이 없는 것이다 끊어져 있던 수화기가 놓여 있던 것이다 불가해한 허탈감—

별건구속

— 아리랑치기 · 17

3일 후

〈1977년〉

×월 ××일 석간에

아리랑치기 체포 기사가 나왔다

3인조

한 사람은 망보고

한 사람은 부축하는 척

한 사람은 소매치기한다

또는

한 사람은 망보고

한 사람은 두들겨 패고

한 사람은 돌보는 척하면서 소매치기한다

그날 밤의 피해자

니시무라 유조(54세)

모 회사, 사장—

부축빼기

— 아리랑치기 ·18

7년 후

〈1984년〉

×월 ××일 석간

유사사건, 단독 소매치기 기사

세타가야 출생 주소 불특정

사사키(48) 전과 9범은

1981년 가을, 니시나리 경찰서에 체포되어

1년 6개월의 징역형을 마치고

1983년, 오사카 형무소를 출소

출소 후 범행 건수

반년간 100건 이상?

'소매치기 예금' 250만 엔

—잡혀도 거의 수중에 남는다

　　　출소 후 생활자금으로 쓰겠다

라고 거들먹거려

수사관을 분노케 만드는 범인

또 사사키는 여성의 의상을 몇 벌이나 소지

'아이카와 토미'로도 행세하며

범행 사이마다 거리에서 호객행위를 하는 등

돈 버는 데는 철두철미했다고

부축빼기 100건

피해자 신고접수 '0' ……

관계회복과의 관계

아둥바둥 아둥바둥

복수(複數) 많은 복수 수많은 복수

교합 교접 질투는 우러르며 받아들여라

자신의 어두운 밤을 찢고 지구에 취기를 부딪쳐라

술을 마시고 불을 마시고 강을 마시고 취기에 취해라

지구와 섹스해라!

지구는 언제나 발밑에 있다

물구나무 서면 손바닥 위에 있다

마음을 가다듬으면 피부에 있다

울부짖어라, 울부짖어라, 취기에 취해라

한 손으로 물구나무 서서 두려운 것일수록 끝까지 봐라

"지나친 것은 미치지 못한 것이다" 아니!!

지나친 것은 미친 것이다, 지나쳐 보이는 것은—

의식할 때 평정은 없다

의식할 때 열중은 없다

의식할 때 단어는 없다
의식할 때 생시(生詩)는 없다
'오렌지 흰색 구슬 안면 습격'
'∘∘∘∘∘∘∘∘∘ ○ ○ ○ ○'

전수 불가능 불가사의 빛 구슬 개수 등 읽지 마라

연기하지 마라! 아둥바둥거려라!
척하지 마라 역사는 몇 번이나 낙담하는 법이다
다시 한 번 '순간'에 사념, 잡념을 쫓아라

··· 연기하지 마라 강이 도망간다 ···

아둥바둥거려라

다시 한 번 나에게 말한다
연기하지 마라!

제3부

열매의 씨앗의 —

아아아아아
나는 나를 믿고 있었던 걸까 하고

크게 숨을 내쉰 그때 처음으로 꿈속에서 눈을 뜬 게
아니라 더욱 의식적인 상황으로부터 무의식 그 완만하고
더욱 격렬한 빛나는 동그라미 오렌지빛 불가사의 '절대 안
심'에 한 순간! 선명하게 사로잡혀

나는 언제 어느 사이에 올라선 걸까 이 육교 위에…… 여
기는 마치 고층빌딩 옥상과 같지 않은가 그럼에도 불구하
고 눈 밑으로 흘러가는 자동차 한 대 한 대가 선명하게 보
이고 만다 그 작자의 눈과 코도 보이는 것이다 왜냐! 왜냐
말이다! 나는 분명 고소공포증이 아니었던가 그런 내가 나
를 돌아보며 뒷굽 빠진 하이힐을 검지손가락에 걸어 육교
에서 휙 하고 떨어뜨리고는 난간 밖으로 놈을 내밀어 1회
전하는 하이힐을 보고 있는 것이다 그건 크라운 승용차의
보닛 위에서 한 번 튕겨 오른 후 차도에 굴러 떨어졌다 운
전사의 매끈한 얼굴이 그대로 앞차를 들이받아 자동차와
함께 뒤집어진다 뒤차가 여기에 또다시 추돌 점점 사고가
커지기 시작했다 비명과 분노의 목소리 경음기가 격렬하게
기색을 찢는다 경찰차는 사이렌만 울릴 뿐 현장에 가까이

다가설 수 없다 팔다리가 뜯겨 나간 부상자들의 신음 소리가 끊이지 않는다 남자가 피를 뿜으며 머리 위를 가리키며 소리치고 있다 남의 탓으로 돌리지 마! 앞차 남자가 남자를 끌어내 때려 쓰러뜨렸다 쓰러진 남자가 기듯이 몸을 굽혀 하이힐을 찾으며 반 광란 상태가 되어 있지만 그때 배처럼 생긴 그것은 이미 흔적도 없다 제기랄! 뜯겨 나간 팔을 감싸 안고 울면서 소리치며 남자가 나를 올려다보며 계속 노려보고 있다 육교 위에는 가득 구경꾼이 몰려와 서로 얼굴을 쳐다보며 한동안 서로 고개를 끄덕이고 있다 애매한 작자들!

일단 복수는 성공한 것이다 ─

나는 주저앉아 어깨로 숨을 들이쉬고 자 다음은 하고 주위를 둘러보며 순간 왜 그 남자가 그랬을까 하고 불안이 가로질러…… 마침 그곳을 지나쳤던 불운 그렇다 지나쳤던 불운인 것이다 증거는 애매하게 사라졌다 그렇다 애매한 작자들 부조리한 고통을 이 손으로 확실히 지각시켜 주마 내가 사수해 온 색채화를 불운 담은 문자로 간단하게 무참

히 무채색으로 물들여 버린 작자들 그 고통을 반드시 그 작
자들에게도 남자의 들러붙는 시선을 애매하게 피하며 나
는 확실히 품 속 깊숙이 두 개째의 배를 넣고

눈앞에 납작하게 찌그러진 그림자 하나 그 위로 자갈을
가득 실은 덤프트럭 그림자를 자세히 보고 있자니 세상에
둘도 없는 그 그리운 얼굴 아아아앗! 누군가 누군가앗! 누
군가 아아 아아 소리쳐도 무수한 신음 소리만이 지배하는
어둠 누가 버린 건지 때묻어 누렇게 된 구두 한 짝이 구르
고 있다

아아 어째서 지금 당신인 거죠?

어째서 당신뿐인 거예요!! 나는 광기에 사로잡힌 듯 빛
한 점 없는 그 어두운 육교에서 뛰어내리려 했다 그러나 다
리가 없다 다리가 없는 것이다!! 와와와와와와와 아아아
나는 온몸으로 굴러 떨어져 기어가며 울며 소리친다! 울부
짖는다! 신음 소리를 흩뿌렸다 더 이상 아무도 믿지 않아!!
믿을 수 없어!!

이제는 나밖에 믿지 않아!! 무시무시한 허무감 공허

되돌아오는 역

부모가 돌아가시고
    시작되는 인생도 있다……

출판기념회의 되돌아오는 역 어스름 속에 서 있는 나에게
시인, 쿠와지마 겐지는 말했다

뒷걸음질치기만 했던 날들 저편에서 시인도 가 버리고
그 말만이 남았다
당신들이 낮게 신음해 온 현기증 그 자체의 세월……
그 세월이 너무나 길어 딸인 나는
당신들에게 원망 한마디조차 말하지 못했다
어머니, 아버지……
당신들이 떠난 후 이미 10년의 세월이 흘렀다
지금이라면
너무나 사랑했던 당신들을 마음껏 증오할 수 있다

나는 당신의 그 얼굴이 지긋지긋했다
내 앞에 서서는 막아서기만 했던 그

부축빼기⟺ 부축하는 척하면서 빼앗아 간다
그러자 같은 얼굴을 가진 당신 속의
그 얼굴이 ─
그래서 격렬하게 증오하는 것이다
내 속에도 감춰진 그 얼굴을……

비파 열매

상처 입고
화단에 떨어져 있는
작은 비파 열매
그 위를 바쁘게 기어 다니는 무수한 개미들
다음날도…… 다음날도…… 다음날도……
막 물들기 시작한 열매를 들새가 쪼아 대어
제철을 기다리지 못하고
온통 녹색이 되어 버린
비파 나무

　　이혼은 언제라도 할 수 있어요
　　하지만
　　남편이 원인은 아니니까
　　오랜 가문의 맏며느리라는 입장은
　　여러 가지로 힘들겠지만……
　　당신은 아무 말 안 하셔도 되니까
　　이 이야기
　　한동안 제게 맡겨 보지 않으시겠어요

가정재판소 조정담당자의 말을 반추하면서

시장에서 비파를 샀다

엄마의 눈물의 이유를 알지 못하고

그날……

여위고 자그마한 아들은 깡충깡충 뛰면서 비파 열매를

먹었다

먹으면서 손가락 끝으로 땅을 파고는

입술에서 풋! 하고 뱉은 씨앗을 묻었다

그리고……

거기에 비파 나무가 있다는 것조차 잊어버린

……정신 없었던 날들……

그 날들의 저편에서

그 나무는 어느 사이엔가 올려다볼 정도로 자라 있었다

아이가 사춘기를 맞이한 어느 날

잎 사이로 작고 작은 푸른 열매를 발견했다

갑작스레 눈물이 흘러넘쳤다

그 열매를 가만히 입에 물었다

시큼한 맛이 나서

나는 또다시 눈물지었다

혈온(血溫)

여밈 고리를 풀고

스르륵 풀고

비단 옷깃을 펼치고

기모노 겨드랑이 틈새로 쑤우우우우우우욱

예상치도 못한 일이었다 그건……

미열이 나는 시간

심해 생식, 유가족의 이형화(異形化)

다민족의 뇌와 몸 더듬는 현기증

우뚝 솟은 칼끝의 등뼈를 잡아 뺀다

해저에 퍼지는 검은 물 가르고

의표를 찌르는 모 양 새

어둠이 눈에 익어 '배 모양을 한 투명'이 뚜렷하게 떠올라

혈온 흩뿌리는 시간

바다의 파동 일어서고

공중으로 오로지 달리는 파도의 벽

● ○

여밈 고리를 풀고
스르륵 풀고
비단 옷깃을 펼치고
기모노 겨드랑이 틈새로 쑤우우우우우우욱

피부가 벗겨진 연체(軟體)
투명하고 흰 무명(無明)
가냘픈 몸에 늘어뜨리고
검은 상복에 호박색 물 한 방울 한 방울
꽃잎 모양을 숨긴 벚꽃 젖어
계속 내리고 계속 지고
뒤집힌 나비의 시간
유출하는 것……

예상치도 못한 일이었다 그건……

● ○

여민 고리를 풀고
스르륵 풀고
비단 옷깃을 펼치고
기모노 겨드랑이 틈새로 쑤우우우우우우욱

예상치도 못한 일이었다 그건……

수상한 연체동물, 오징어 소면 꿈틀꿈틀

● ○

……건그 다었이일 한못 도치상예

살 벗겨진 오징어
눈앞이 컴컴해진 어린 소녀에게
먹물 뱉어 내고

허공에 희뿌연 다리 아아, 버티고
흡반 꿈틀거리려
원통형 동체 미끌미끌 움직인다
휘감아드는 어둠의 다리 안쪽
젖가슴의 기색

바닷가
벌레 숨소리
죽음의 형태
까마귀

······고풀 를리고 밈여
······고풀 륵르스
······고치펼 을깃옷 단비

찬 바다의 파도
일어서서

● ○

오칭어족 남편
머리 다리 휘감고는
아내의 뒷목덜미에 흰색 분 뿌리고
멍한 모습 감추고
생명줄 잡고
⋯⋯색기 의음죽
산 주름 꿈틀거리는 버선
수상한 연체동물, 오징어 소면 꿈틀꿈틀
허공에 물 뱉으며 튀어올라
⋯⋯죽음의 기색
세피아 영상처럼 파도치고

그림자 그림
시공을 넘어
미끄럽게 일어서서

······고풀 를리고 밈여

······고풀 륵르스

······고치펼 을깃옷 단비

겨울의 계절

일어서서

● ○

환영의 생식기에

나이프를 갖다 대고

악판(顎板)에서 튀어올라 양쪽으로 가르고

검붉은 액체 토해내는 거대한 눈의

미미한 투명

검지손가락으로 튕기고

질질 끌기 시작한 내장

주문 외우며 짓밟는

짝퉁 오징어족!!

피는 피는 무슨 색이지 하며 지느러미 잡아 찢고
불똥꼴뚜기!!
— 그건 너도 공범자!
엄청난 양의 바늘을 입으로 쏘아 대며
은색으로 드러누운 오징어의 장에
손톱을 갖다 대고
미끄럽게 유출시켜
한번에 내부를 분출시켰다 하하
불똥꼴뚜기의 우아한 다리에 인두
얼어붙는 악몽
얼어붙어

찬 바다의 파도 다시 한 번
일어서서

● ○

부(副)

다리 사라져

인형

숲길에 굴러다니고

시간의 환영 사라져 젖가슴 사라져

비명은 노세(能勢)산 굽이굽이 산속에 메아리

농밀한 생지옥, 가족애, 밀월 끝에

끝없는 뇌내출혈 시작해

염주처럼 연결된 고뇌 일어서 일어서다

한 다리 보행 얼어붙는 계절 일어나

소리 없는 오열 엉금엉금 늘어져 늘어져

두 명 독방 안에서부터 한 마리 날지 못하는 까마귀 태어나

27년, 죽음의 바닥 기운 없이 늘어진 아버지

병상에서 쓸모없음 쪼아 먹히고

비틀린 피부 겹쳐진 페니스 쪼아 먹히고

생피를 계속 빨린 오빠

춘하추동 끊어질 듯 연결되며

자리에 누워 신음하며

생명을 흘리는

다리

열두 번 위독 후

죽어 있던 젖가슴 다시 한 번 죽어

다시 죽었던 거다

형 형 누나 여자 여동생 여동생 여동생 여동생 여동생 남동생

염주처럼 연결된 어린 형제들을 안고

형 죽고 싶지 않아 죽고 싶지 않아 하고 울부짖으며

생명을 빼앗겨 버리고 말았다

하늘에 뜬 검은 돌기 쥐어뜯으며 운다

시누이도 내게 호소하면서 운다

더 이상 이 세상에 미련 따위 없다는

등의 말은 결코 하지 않고 나무젓가락에 솜을 감은 것에

잔뜩 묻힌 벌꿀을 젖 빨려고 들러붙는 아기처럼

무의식적으로 빨아서…… 젖가슴이 죽은 것이다

마지막까지 아이들을 떨게 만들며……

갑작스러울 뿐

갑작스러움 따위 예전에 잊어버렸다

이미 죽은 사람이 죽을 리가 없잖은가?

이봐 그렇지?

그런데도……

갑자기 연속사라고 하니까

예상치도 못하고 당했다

의식이 모습을 감췄다

후 독위 번 두열

어죽 번 한 시다 습가젖 던있 어죽

다거 던었죽 시다

생동남 생동여 생동여 생동여 생동여 생동여 자여 나누 형 형

고안 을들제형 린어 된결연 럼처주염

며으짖부울 고하 아앓 지싶 고죽 아앓 지싶 고죽 형

다았말 고리버 겨앗빼 을명생

다운 며으뜯어쥐 기돌 은검 뜬 에늘하

다운 서면하소호 게내 도이누시

는다없 위따 런미 에상세 이 상이 더

에것 은감 을솜 에락가젓무나 고앓 지하 코결 은말 의등

럼처기아 느붙러들 고려빨 젖 을꿀벌 힌문 뜩잔

다이것 은죽 이습가젖 ……서아빨 로으적식의무

……며들만 게떨 을들이아 지까막지마

뿐 울러스작갑

다렸버어잇 에전예 위따 움러스작갑

?가은잖없 가리 을죽 이람사 은죽 미이

?지렇그 봐이

……도데런그

까니하 고라사속연 기자갑

다했당 고하못 도치상예

다췄감 을습모 이식의

113

● ○

　　　하늘

　　과

바다

　섞

　　이

　　　는

　　　　경

　　　계

　　무(無)의

　어둠에

하얀 포말

　파도

　　머리

　　　반복해서

　　　굽

　　　　이

　　　쳐

　　검

　　은

상
　　복
　　　　에

● ○

여밈 고리를 풀고
스르륵 풀고
비단 옷깃을 펼치고
기모노 겨드랑이 틈새로 쑤우우우우우우욱

피부가 벗겨진 연체
투명하고 흰 무명
가냘픈 몸에 늘어뜨리고
검은 상복에 호박색 물 한 방울 한 방울
꽃잎 모양을 숨긴 벚꽃 젖어
계속 내리고 계속 지고
물고기 나비의 시간
유출하는 것······

없는 게 아니라

없는 게 아니라
없었던 것도 아니라
있었던 것도 아니었다

동굴의 공동에 머무는
옅은 빛 손끝에 살짝 올리고
어떤 꽃일까
손끝의 빛을 가까이 가져가면
반딧불이 물밑으로 몸을 던져
환상의 꽃이 된다

바다가 아니라
강도 아니라
호수도 아닌 수면에
이름 붙여 보려고도 하지 않았던 꽃의 탓

환상의 꽃이라면 더욱더

등줄기를 타고 오르는 전율에

뒤돌아보면

기색의 꽃잎 어둠에

밀양(密陽)

열매의 씨앗의 ―

가느다란 광명 비추는 어스름한 아침
부정맥 고동은 '살아 있다는 증거'
팔을 들어 피의 흐름을 빛에 비추어 본다
창백한 손바닥 손등은 더욱 창백해
핏줄의 ―

잠그는 걸 잊은 창문틀, 떨어져 나간 작은 한 조각 비파
열매

역광선, 과육, 단면, 공동화
생과 사의 사이……
깊숙하게 가라앉은 씨, 눈을 부릅뜨자
검디검게‥미끈거림 번뜩이며
이른 탄생의 꿈틀거림을 헤프게 드러낸다

죽음에 내포된 '생' 응시한다
불투명하게 미끈거리는 어둠에 부드러운 깃털로
감싸인 피막 같은

피부빛 살로 둘러진 가장자리

갑자기 투명한 과즙이 흘러내린다

새로운 지평을 조망하다

아오이카와 레이(葵生川玲)

이번 시집《두 개의 고향》은《열매의 씨앗의 ─》(1996년 7월 출간),《아리랑치기》(1986년 9월 출간),《두 개의 고향》(1980년 12월 출간)에서 골라 엮은 시선집이다.

1941년에 태어난 미쿠모 도시코 씨는 1943년 출생인 나와는 비슷한 연배지만, 서로 사는 곳이 달랐고 그 삶의 이력 또한 나와는 달라 지금까지 시지(詩誌)에 발표된 작품을 접하는 것 외에는 거의 교류라고 부를 만한 기회를 얻지 못했다.

그러나 나에게 미쿠모 도시코라는 시인의 이름은 오래전부터 알고 있는 친한 존재였던 것처럼 느껴졌다. 알아보기 위해 오사카에서 발간되는 시 잡지《오사카》의 구간을 찾아보니 1980년 이후 1982년 폐간 시까지 작품을 계속 발표하고 있었다.

무엇보다도 《오사카》에 관한 내 기억이 단순한 정보로서 있던 것이 아니라, 지금도 선명하게 기억나는데 기개 드높여 '신(新)사회파' 선언과 함께 출범한 오사카 시인들의 마음에 동조하고 있었기 때문이리라. 독특한 지역성도 포함해 현대시의 폐쇄성을 타파해 나가려고 한 에너지에 눈을 뗄 수 없었다.

《오사카》는 1977년 1월 창간부터 1982년 6월까지 57권을 남기고 폐간했지만 이 나라의 시 역사에 있어 커다란 위치를 점유하는 존재다. 전례 없이 열기에 가득 찬 이 시기에 미쿠모 도시코 씨가 자기표현 방법으로서 '시'와 만나 이를 자기 것으로 만들려 했다는 건 극히 자연스러운 과정이었다고 생각한다.

*

제2시집 《두 개의 고향》의 〈발문〉에서 후쿠나카 도모코 씨는 다음과 같이 쓰고 있다.

"나는 그녀의 시를 읽으면서 때로 그녀 속에 잠들어 있던 얼어붙은 대지에 시라는 잔인한 자립(自立)의 씨앗을 뿌리고 만 건 아닐까 하고 자책의 감정에 빠져 몸이 떨려 올 때가 있다."

나라는 개인을 뒤돌아봐도 어떤 순간에는 절대로 되돌릴 수 없는 선택을 해야 하는 경우가 있다.

미쿠모 도시코 씨에게 있어 그 순간이 '시'와의 만남이었다고 해도, 그건 개개의 자립을 향한 방향성을 얻는 진귀한 기회라서, 아마도 미쿠모 도시코 씨는 '시'로부터 단 한 번도 멀어지려 하지 않았던 것이 아닐까.

미쿠모 도시코라는 시인이 안고 있는 현실적인 과제와 그 고통이 '시'와 마주하는 것, 더 나아가 쓰는 작업을 통해 딛고 넘어서기 위한 의지력의 원천이었다고 믿어도 좋을 것이다.

'시'는 원래 자기를 살아가는, 즉 구제하는 기능을 갖추고 있다. 카렐 반 월프렌(Karel van Wolferen)의 말을 빌리면, "인간을 행복하게 하지 않는 시스템" 속에 놓여 있는 우리들의 상황이야말로 '시'를 갈구할 수밖에 없게 만든다고 말할 수 있기 때문이다.

시집 《두 개의 고향》에는 그 시스템의 과중한 부담을 진 피해의 실상과 이에 항거하는 영혼의 절규가 직접적인 방법으로 나타나 있다.

《오사카》 1981년 1·2월 합병호에는 동포로부터의 비판을 받은 후 절실한 의지를 담아 〈동포의 의미 - 모든 이에게〉를 발표하고 있다.

"내 이름이 몇 번 바뀌든 나는 한 사람이다. 나는 한국인이다. 하지만 이 나라에서 외면상으로는 귀화 일본인으로 살아가는 방향을 선택했지만 아이들이 성인이 되어 다른 길을 걷고 싶다고 바랄 때는 자유롭게 날려 보내줄 생각이다."

인간은 어떤 순간에 '삶'을 의식하고 '죽음'을 가까이 느끼는 걸까. 선택할 수 없는 '출발'이 강요하는 힘에 짓눌리면서 더더욱 그곳에서 일어서 나갈 때 '시'는 어떤 표정으로 곁에 있을까. 지금까지도 우리들은 선배들의 수많은 훌륭한 작품 덕분에 영혼이 향하는 길과 구제 방법을 얻어 왔던 것이다.

미쿠모 도시코 씨의 작품이 '시'의 한 얼굴인 환희를 노래하는 것보다 '시'의 다른 한편인 근원에 가까운 비애의 감정에 따라 표현되는 것은 내게 지나칠 정도로 깊게 이해되는 부분이다.

또한 미쿠모 도시코 씨의 작품이 '슬픔'과 '부정'의 얼굴을 짙게 보일 때 격렬하게 의식의 힘이 작용해 언어를 빛나게 하는 것처럼 생각된다.

*

그런 의미에서도 미쿠모 도시코 씨가 이 책의 작품에 담은 깊은 마음도 역시 농밀한 혈족과의 관계, 더 나아가 풍토로 인해 길러진 심신에 파동하는 정신의 정동(情動)으로서 움직일 수 없는 것이라고 말할 수 있을 것이다.

수록된 작품 〈아아아아아 나는 나를 믿고 있었던 걸까 하고〉에는 일상을 비추는 상의 변형과 이질화의 이미지가 담겨 있는데 여기에서도 '발'이 결핍과 허무의 비유로 등장한다.

더 나아가 200행이 넘는 장편 작품 〈혈온(血溫)〉은 미쿠모 도시코 씨의 격렬한 에너지로 충만한 표현 세계에 압도되는데 진혼의 기원처럼 반복된다.

'여밈 고리를 풀고/스르륵 풀고/비단 옷깃을 펼치고/기모노 겨드랑이 틈새로 쑤우우우우우우욱'에 수반되는 이미지는 역시 비통한 죽음과 결핍으로 가득 찬 어둠의 세계다.

또한 전위적·실험적이라고도 보이는 다채로운 형식을 구사한 표현 방법은 흡인력 강한 작품 세계를 입체적으로 보여 주는 극히 의식적인 장치인 동시에 흘러 사라지는 언어, 공명하는 음악을 시각적으로 표현하는 데도 성공하고 있다.

이 작품들을 통해 미쿠모 도시코 씨는 그의 시 세계에서 한 걸음 앞으로 내딛으며 새로운 지평을 조망하는 장소에 선 게 아닐까, 하는 느낌을 갖게 한다.

옮긴이 김윤희

한국외국어대학교를 졸업, 시를 전공하고 있으며, 일본 도쿄 YMCA 영어전문학교 일본어과를 수료하였다. 현재 일본어 도서 기획과 편집, 번역을 하고 있다.

두 개의 고향

초판 1쇄 인쇄 2010년 11월 25일
초판 1쇄 발행 2010년 12월   1일

지은이 | 미쿠모 도시코
옮긴이 | 김윤희
발행인 | 강봉자
편집인 | 김종철
펴낸곳 | (주)문학수첩

주소 | 경기도 파주시 교하읍 문발리 출판문화단지 525-3
전화 | 031-955-4445(마케팅부), 031-955-4500(편집부)
팩스 | 031-955-4455
등록 | 1991년 11월 27일 제16-482호

http://www.moonhak.co.kr
e-mail:moonhak@moonhak.co.kr

ISBN 978-89-8392-377-6 03830